光年之外

劉少雄 著

獻給——

爸爸媽媽

玟玲及定衡

目次

卷一

曾經燃燒的永遠閃爍

等你

約你蒲葵樹底
等你又一個下午
我捲起藍袖子
不知想些甚麼
鐵欄干內延伸著
樹的陰影——

一陣微涼，彷彿
你已坐下

你已坐了足足一個下午
白雲悻悻然離去
閘門也已上鎖了
為甚麼我還不來？
那天你問……

而樹的背後，那時
走過，也許不是
一串鶯聲

捲起窗簾

捲起窗簾似乎是為了
不用燈火看你
遠遠捎來的信箋
眼睛便以優美的姿勢滑翔
隨著一雙高瘦的鷺鷥步入
施工場上的野草堆，偶而
想一想又不知飛到那裡
我隨意翻閱一部詞選集
一些些塵埃在陽光中飄忽

蟬聲斷了又再來
七月總徘徊在晴雨之間
你密麗地期待天氣晴朗
只要工作完成另一個
漲潮就可以踢水了

日影移過短短的土牆
晚霞貼上風簾暖綠
我在喝茶並且把誰的佳句
寫上卡片並且想你
小寐後繼續思索
下篇報告的主題而不知
不覺間夜已帶些濕氣了

給玟玲

我就喜歡你
倚著風一般的溫柔
說些重複又重複的故事
而七里香在飄著
雲在小溪，溪聲在流著

一生是多麼的長啊
喝茶，寫信
做些不做些甚麼
哭泣在微笑之後

而我是這樣的喜歡你
草和葉子的擺動
滿不在乎，笑笑
卸下淺藍色的髮帶
你說有多長？
其實也沒有多長

曾經

我們選擇了粉紅的床套
淺藍碎花的窗簾，幾件
飾物，印鑑指環，親友
饋贈的，非常喜歡；想
你和我設計的卡片到達
師友的手中，並且期待
祝賀，喜悅與我們共享
曾經發生的，永遠存在

陽光移過石斛蘭的倒影
車聲在馬路奔馳。我們
泡茶，說些似曾忘卻的

往事，看風鈴左右搖擺
細細聆聽，進行曲後的
一段空白。站起，微笑
貼一些囍字，勻稱吉祥
曾有光澤的，永不褪色

換新瓶，整理萬年青的
枝葉。想一個水一樣的
名字，我們沉默。彷彿
在潺湲流轉，凌波微步
有你淺淺的笑靨，成長
而且美麗。拉開碎花簾
我們攜手仰望，那夜空
曾經燃燒的，永遠閃爍

聽說今日回晴

塵埃在萬年青葉上凝聚
水潦中倒影著學童的喧笑
聽說今日回晴

我的思緒隨著
撲翅欲飛的麻雀追趕
一朵雲似開猶落
翻過身，看你
挪動被單

迎上晨光微露
一點淺笑

我假裝並不在乎
昨夜是你說否
況且你還在夢中

午後

冷氣幫你調至微溫
你已熟睡，如一艘
安穩的小船，偶爾傾側
閃躲一個輕巧的浪；也許
你正學習飛翔，優美的
弧線，隨風向略為調整

守著你，守著鐵鈴
如風，輕輕翻閱詩稿

窗鏡轉過了一陣黯然
有雲自屋蓋流走，我想
你也該弄妝，到報社
教小朋友說故事了

秋天就這樣

我已好久沒注意季節的變化了。整日在書房裡，悠游在詩詞的世界，或與你聊天，談生活的點滴。時間，消磨在下午茶中。偶而點綴一些些雨聲，透入一點點陽光，生活就這樣，雨後放晴，看完這本書，就看下一本書，談話累了，便休息。沒有甚麼特別的情緒，感覺，這樣的生活也不錯。有一天，你問我：夏天甚麼時候結束？我抬頭看看月曆。八月過了，氣溫還很高，下了一週的雨，我也分辨不出這和七月有甚麼不同。入夜，風響鐵鈴，驀地想起東坡的〈洞仙歌〉：「但屈指西風幾時來？又不道流年，暗中偷換。」是的，都九月了，我的假期快要結束了。那天深夜，我寫了一首詩，放在你書桌，明日醒來，你應該知道。

潮水拍打我的胸膛
我的夢在石灘上
擱淺

夏日闔上睡蓮的眼
明朝花開
天空伸展得更廣闊了

繽紛的汽球飄過了山外
深谷遠處，傳來
學童鼓掌聲中望著的

一片，孤獨的雲

秋天就是這樣
滑浪板擱在倉庫
風吹響了樹林
趕路人拉起衣領
秋天，秋天就這樣
踩著落葉回家

吳經熊博學的求道明燈　第一

寒夜

寒夜緊閉了窗戶
飲一口煎茶
翻一頁東坡法帖
恰若晨霧中一片溼地
猶疑，在行草之間

其實我並不太懂
只是看著喜歡
如同那年——
風吹黃葉落，聽你說紅樓
就這樣，這樣的喜歡

卷二

放一片天藍讓你去遠征

如風的手

持續地，讓舒曼的樂音
圍繞著他，我仔細端詳
他呼息應和，而夜
正穿著雨衣逡巡

輕撫他的臉頰，如風
的手，吹掠過草原
秧已抽芽，燕子等候學飛
燈火在山霧中明滅

彷彿他夢底世界
小蟲蟲和小星星眨眼
吸飲著乳汁
一切便得安寧

夜已愈壓愈深了，持續地
我搖著小眠床，有手
如風，搖著小船兒
載我們到水中央

也許是夢

也許顛簸在小小的波浪上
船兒迷失了方向
留一首無人傾聽的歌
鳥兒高高的飛走(小衛乖
小衛最愛洗澡，愛唱歌)
也許你真的懂得別離
縱然爸媽就在你身旁
隔著夜，隔著你走不進
我走不進你的

淺淺的夢

不要哭，乖乖的

小衡最愛騎馬
以我們的臂彎扶手
在我們的雙腿踢踏起步
在夢裏奔馳……
收不回的風，小衡
小心草滑跌倒

如悟

趁你不在意，搖醒你
背後門楣上的一串鈴
看你左右尋索，盼望
不知從那處響起
這如水一般清冷的感覺
是野鹿濺踏而過
山風穿過洞穴好像是
醒來還在夢裡
天空眨著小衡一樣的

疑惑的眼

那頻律如心跳

想一想

也彷彿是

你俯首玩弄小指頭

不再理會我在

尋索些甚麼

學飛

今年最後一道冷鋒只剩下
一兩滴雨水，杜鵑開遍
整個山頭——紅與白
你的臉頰是如此
貼近，我夢的邊緣

看你指點前後，驀地
站起，拍動翅膀的
那種快感，依然在
我手中線上
拉扯高低

開一扇窗，真想
放一片天藍
讓你去遠征
山的感覺，如同
波浪，你起伏的心

終於你平靜的躺在淺藍
棉被上，媽媽的身旁
我夢醒之間……
麻雀正聚在電纜，唱
牠們以後也愛唱的歌

生氣的樹

米老鼠直豎起一根根毛髮
大人和小狗也會瞪眼睛叫罵
四周的水份蒸發，感到有點熱
紅紅的氣球快要爆炸了

我家的小孩盯著
日光和風影
那齒狀的葉子殺殺的響
他說，他認識

那是生氣，對
一定會生氣的樹

你是全宇宙我最愛的人

小衡以後要當科學家
他說，要發明超光速儀器
遊走寰宇，探索未知的世界
進入黑洞的核心，和他
一起成長的無尾熊阿B

小衡認真學習，觀賞
冒險故事，迷上Star Wars
一如他在卡通世界裡他相信
沒有甚麼是不可能的

終有那麼一天—
他要帶我們同去；回望
地球，我們居住的地方
亞洲，中國大陸
美麗的寶島，啊，臺灣
渺如一粒塵埃走進
他茫茫的瞳眸裡，遠遠
閃著一點點星光……

小衡抬頭仰望
那一天，他堅定的說：
媽咪，你是
全宇宙我最愛的人！

後記：定衡今年七歲，小時候便煞有介事的告訴我們，他將來要做個天文科學家。我們任由他自由學習，成長，在情與理之間，我們希望，他能取得平衡。今夜，偶翻科普書籍，想起小衡的心願，他平時的戲語，便草草寫下這首詩，幫他記錄這一段成長的心跡。

卷二 放一片天藍讓你去遠征

夜燈指引的地方

——送給小學畢業的小衡

夜燈指引的地方
涼風跟著我們
踏上熟悉的階梯
你依然吵嚷，訴說著
聽過的見過的想到的
如電光一抹，你以
星的能量重現那光彩
打開窗戶，頓然
感覺那渺遠的天際

正唱和著相同的節拍

眉頭臉蛋已逐漸成形
那探索黑底深度的眼眸
炯炯照往不知那個時空
我們看著聽著……
音波如浪，拍打著心湖
潮來，雲散，風中似有
鳥聲水咽，我們孩提的歡笑
滾落一坡一坡的草地
然後疲倦地張開雙臂
好想擁抱整個藍空

你最後的尾音飄散在
夜的深谷，我們彷彿
在岸邊，聽潮水隱退
涼風吹掠淺白格子窗簾
驀地翻轉，你夢中一笑
那是，我們知道
你在浩瀚裡點燃的
永遠一盞夜燈

夜曲

——給小衡

小小的空間似近亦遠
你我猶在遼敻的夜空
跳動著相同的呼息
眼神如閃過的流星
我們不必隱藏的心事
明明如月

過了秋節，又再期盼
裝飾那樹上的銀燈
正負極匯流的光體

一閃，一閃
我們在樂音中迴盪
鐘聲一片祥和

子夜，宇宙仍在
生成死滅
我不了解的物理
你說過後竟忘了
明天無假期
Star Trek要另日重看

雨季

雨水點滴在街頭
濕氣蔓延到遠山的小徑
路燈旁的樹葉也在顫抖
輕輕拉上了薄外套
如雲的密合
你緊閉雙唇

離開與未達之際
紅綠燈正倒數著秒數
閃閃的亮光中

站在騎樓下，對著
那邊一排參差的傘面
好像隔著江水
看荷花荷葉
隨風跌宕
一顆顆水珠滾動

如是交替著季節
紅花謝了，綠葉快變黃
燈色轉換之間
走過一條人來人往的道路
他們收傘，穿越了

長廊，等候公車，上班
而我緊握你的小手
遮著風雨，送你到校門
微笑，說再見
回頭走入學童當中

卷二 從一片天際讓你看透徹

我們的家

我們的家
只有小小的書房與睡房
屬於你遊戲做功課的天地
床上有你張貼的星空
桌邊有你未完成的作業

我們的家
有一張橢圓形的餐桌
一圈一圈的樂音環繞

配合攪拌奶茶的節奏
我們享受一天下午的清閒

說笑話，聽彼此的心事
我們無法躲避車聲
塵埃偷偷跑進來
關閉了窗戶
愛與想像便會為你我
打開時空之門
有時在中世紀，騎馬
探險，神遊魔域
駕駛禿鷹號，在外太空

累了，歸來，總可以
懶懶的躺下；草擬
許多假設，讓
情與理拌嘴，如同
啾啾鳥聲；在野地裡
我們刈草，填土
鋪設一條長長的通道
走向太陽升起的地方
明天，你又將昂首出發

縱然你不說
我們都知道

你跌宕的行旅
那些快樂那些悲傷
的事。因為
每天調配的茶色
我們習慣的星象
同樣在變化中有規律
如一首詩

我們的家
就是
你須用心寫作的詩篇

卷三

海水像母親的手

阿公岩村的懷念

總有一條路走到石屎山去
看看鯉魚門港口
又吞進了一艘蝦艇
或載Sunkist的輪船
有些飛花，有些麻雀
小孩放學後煨蕃薯
踢球，打仗
挨罵

總有一些事情不必說的
譬如朋友說我
認不得你了

童年海岸

雲在水面浮游
雨勢感到有點
蓄然起伏，濺上
捲了又跌下的褲管
我們相視而無語
船纜在扯放之間
一隻海燕低飛迴轉
水天打起相同的節奏
我們奔跑並且
想起漁網和貝殼

卻不想回頭爭論
在甚麼地方

童年戰役

我們擬想戰爭
學習恐懼
在野草中尋覓
樹枝和泥彈
孤獨地等待
救援或者大喊出擊
（有時真想偷偷跑回家）
攻擊的我們並不怨恨
戰友或敵人都在

反覆間手掌決定

總有人受傷
有人歡笑
含羞草閉了又開
明天我們也會重來

母親的手

海水像母親的手
織溫暖和清涼的被衣
哄一首兒歌，搖搖搖
或者責罵如責罵頑石
使其溫潤堅定如細粒
母親的手，永遠是
帶鹹味的手

給父親的信

雖然信裡
妹常說您
快樂安康
我仍不免
想起您
震顫的手紋
那些阡陌
左面甘蔗田
右側種稻米
那些風雨

那些馳名的
東莞臘腸
在一排紅磚屋後
一條淺溪
赤著身子的
您常說
去撈魚
而那些魚仔
聽您說來
愈說愈走樣了
甚麼時候回來呢
最後您問

甚麼時候歸去
我的
您的
不同的家鄉
雖然信裡
我總說
天氣很好
勿念
爸，請
勿念

歲末

貓柳開著去年的花
今春又添上了新枝
期盼與失落都在
此刻的水晶瓶裡靜止
澆一點點水一點點蒸發
陽台這邊亮
那邊便有些陰涼
日子總是這樣的
遠處有人歡聚，豐盛的

菜餚，此處就有人想家
好像不曾發生的
那多了的與少了的
通通加在一起
天是一樣的藍
風是一樣的吹著
而明年貓柳
也會開，今年的花

我媽媽的香港

香港好小
小到連世界地圖上也找不到一點
香港，對我媽媽來說，好大
大到她用一輩子也走不完一圈
我媽媽走亞公岩，走東大街
來來去去，走了一輩子

香港很繁華
如煙花夜放，年年新春
彩燈掛滿了高樓，如插在貴婦

鬢邊，天上摘下來的珍珠
維多利亞港是永不褪色的梳妝鏡
而我媽媽住在光線不足的二樓
從早到晚，燈泡照著她
由黑髮變白髮
我媽媽的生活繚繞著一縷長長的炊煙
由這一餐連接著另一餐

香港真便捷
地下鐵接送昨日和今天的乘客
上車落車；中間省略了許多
雨景，街道，招牌，流浪漢
和一個美麗又憂傷的港灣

我媽媽很不喜歡坐地鐵
她說她腳痛，而且覺得
走入地底，總有點怪怪的
在我媽媽住院神智混淆的時侯
她不時喊著坐船，和以前一樣
吹著風，坐在船頭看雲多舒暢
我媽媽緊握著鐵欄杆
乖乖吞下幾粒藥丸
笑對著白衣姑娘
看一片白雲輕輕
飄出了窗外
而今，我媽媽已闔上了眼

安詳地睡在香港窄窄的泥土裡
野草已長高了些
山下的樓宇也斑駁了些
一切都很寧靜
如七八月間夏與秋的交替
自然在變化中一如往常
遠處，在島與島之間
漁船畫出了一些皺紋
雲霞照影在海面
而微風，吹上山頭
（彷彿掠過我媽媽的雙鬢）
吹舞著墳前一瓣落花

家

這裡有我們記憶的門號
山如雲般移動
海潮捲來又退去
一片平坦的生活裡
在時間的高樓中
我們預購了一個房間
以感情對保
小小的坪數
明淨的落葉窗

裡面反照著一幅淺笑
如雙飛的白羽展翅
日出，日落
我們依心的契約歸來
每年每月，這一生
為感情而付息

回憶

二十年間，隔著
一片記憶的薄冰
投光，反影
添加配圖，過濾了
一些色澤

風回窄巷，此時
初生的葉網依稀看見
春天接續的軌跡

如果遠處河面冰解

我不知如何去辨析
水中的你你眼中的我

我還是隔著毛玻璃
看你，呼一個暖圈
等你歸來，訴說
霏霏雪花的故事

一堆爐火，擁抱
一隻有著深邃眼眸的貓
一種情的物質

堆疊，壓抑，空無的
只能臆度，以

虛渺的一線光
的那種深邃

如黑洞

我便如此猜出你的方位
你被吸引到過去還是未來？
時間在，收縮，膨脹
我還是不能確認
何時與你，相逢在何地

由你那端想起
這頭我接著
如同橡圈，你我

拉扯成一根即將
斷裂的疲乏的黑影
我們需要冷靜
不能冒進；如果
負載太多的熱和能
（如那充滿期待的太空梭）
一旦升空——
那美麗的弧線
啊，即將爆裂

一場煙花盛宴
今年
因雨取消

歲情二帖

（一）

陽光走到南回歸線
我們依偎，北方
一隅，向南的窗前
低首把玩著柳橙
此時，寒氣壓在街角
路燈昏昏的有點疲累

我指著二姐從雪地裡寄來的賀卡
女兒遠嫁東部，她說

彷彿隔了一個海洋
她的情緒，我猜測
在潮水捲送之間
雖然她說現在倒也不錯
空間寬了些，時間多了些

我仍然感覺書窗微微晃動
風入樹林，穿越河谷
肅然抖落一葉楓紅
自山巒起伏的北國卡片
我從中拾起，輕撫那紋路
道阻且長——宛若走進了
遙遠，你的心境
如在近前

（二）

今日過午
課後回家途中
感覺好像一陣涼風吹入
那條又長又蜿蜒的小徑
那樣的熟悉——我曾佇立門外
聆聽，Beatles唱：
The long and winding road

我們曾憂鬱，用色彩音符
架築一個天空城堡

吊滿著繽紛的氣球
隨風，飄遠……
多少年後，我們
還到處尋覓，不停地
仰望，那種失落的滋味

日曆只剩下最後一頁了
風聲吹翻落葉
我看著燈下一粒微塵飄逝
如讀過的詩
這一年，與那一年
（旋轉著柳橙）

我想，無論那兒
總有人，手插褲袋
縮縮脖子，呵氣
走在長長又蜿蜒的街道上

卷四

風吹雲散水天都一樣

疊語

看樹看雲看山外的山
我們聽蟬聽寂寞聽蟬
鎖滴答的古鐘在房裡
我們踢流水在溪前

流水送你我的笑容下山
唉，Linda，沒甚麼分別了
在你的樓上，黃昏
在我的路上，黃昏

卷四 風吹雲散水天都一樣

氣候

春來的時候霧正濃
你走在象牙的管道裡
撐著天藍碎花小傘
你從隙縫間窺見日光
那時青草更在你視界外延展
你倚在豐碩的樹影下
在雲影下，你等待

自從那個少年給你一點冷風
你的衣裙便不再開花了

卷四 風吹雲散水天都一樣

情詩

甚麼彼此你我
我只是赤條條無牽掛的
如我死後
渺長煙而去
為霧
為雲
為雨
降你空冷的庭園
那時青澀的果實
何不你現在啃我一口

卷四 風吹雲散水天都一樣

還淚

我小小的心鏡
凝聚你的眷顧如光
於一點，野火
燃燒了整個草原

投我以雨露，你不斷
還你以淚，以我一生
每回春風即想起——
廣漠荒涼
你曾遠遠的來

另賦〈無題〉二首：

其一

芍藥裙開窈窕妝，縠紋心事託微香。
蝶魂猶戀花叢宿，雨夢偏教枕葉涼。
彩筆題詩如有意，醉顏灑淚自清狂。
此情若問深何許，弱水三千在一觴。

其二

豈是顰兒不帶金，人間好夢亦何尋。
但知巧囀黃鶯語，誰解孤標玉蕊心。
直筆詩文才未盡，感時身世自難任。
東風不管簾帷動，依舊春寒月影深。

心事

始終我們不了解彼此的心
秋涼斜斜地攀爬上樹幹
搖落幾片葉子在小溝
一首閨怨暗隨流水
似乎無關戰事
歲月斑剝了石牆
依偎它觸摸它，如苔痕
懷想著——她走過階除

總該遺忘的
她拾起；又放在
我掌心一瓣紅葉
你似曾拋下
最後幾句話語
有些隱喻最好
讓晚霞詮釋
而那種感覺正在我手中
一一撒落……

我的心情

我的心情好想你知道
冷鋒貼近海面的時候
鳥追趕急促的雲
窗簾捲起一層白浪
樹木搖擺我是那葉
我的心情好想你知道

我的心情你知道也好

雨點密集在湖的上方
鴨群已躲在橋底
有人走過一些回響
荷葉傾斜我是那露
我的心情你知道也好

我的心情想你也知道
牆角落爬了一行蟻隊
銅鈴和燈影搖晃
詩集壓著一些摺痕
翻開扉頁我是那風
我的心情想你也知道

你的心情

夜已熟睡了
我獨自一人坐在夢的河谷
涼風裡有你呼息的節拍
我伸手觸摸你也許的心情
望著遙遠的山巒起伏
流雲是你的心情我知道

我應如何記存那縹緲的鴻影
在波聲之中？

我想擁你入夢
在夢的蟲洞裡，我們
曾蜷曲，破繭，爭飛
啊，美麗的斑紋蝶
飛過了矮牆

四月，梔子花開
你飛來
停歇在書頁上
我在，迷濛的字句中
與你相遇

當流雲去後
那如夜空的心情
似夢還醒之間
微微的燈光
看著，我知道
窗外：星與星正眨眼

卷四 風吹雲散水天都一樣

我眼中有你

我眼中只有你
我已收不回那目光
回頭便是漆黑的天地
而你望著遼闊的夜空
尋找屬於你的星座
我等待，涼風
吹拂我的鬢髮
你指向北方
此時

我看著南方
一顆流星，啊
在你背後
消失——
我默默的念著
轉過身來，偷偷
含著一點淚，與你
看著熟悉的世界
我已許下一個心願：
我把你鑲在珍珠裡
晶瑩的顆粒，我把它
深深藏在海底

公車轉彎之處

休憩在涼亭椅上
公車停了又開走
愛情，靜靜地
像一陣暖風掠過
我秋天的鬢腳

輕撫它
鏡面上模糊重疊的
街景，人影
我在淋浴，觸摸

那冰冷的水珠
一手梳理那長長的秀髮
如黑夜

等待著
霧氣緩緩散開
一雙定靜的眼神看著
低首的我此刻也看見
車窗外正飄落
昨日，涼亭背後
公車轉彎之處
啊，一片紅葉

想你的奧秘

回首，看雲
想你飄然去後
留下深邃難測的奧秘
天空為甚麼這樣的藍？

我遂哼起一首舊曲
I have a blue balloon
音韻低回，如眼前
綿延的山嶺
想望卻無法攀越

而重重的尾音
依然盤旋
在山坳之間

捏捏手中彷彿的線痕
那氣球終於融於一色
風吹雲散，水天都一樣
一切又復歸於寂靜
我俯首探看古井中的你
當兩眸相視，凝望
好深好深，啊
你遂跌落了潭底

然而，那被吞噬的
科學家最後已證實
那黑洞，終會釋放
不知何時以何種物質？

卷四 風吹雲散水天都一樣

卷五

愛看星星的人們真好

夜雨

雨
隨風
潛入夜來
但聞風聲
葉聲
不見雨聲

清晨
卻發現
一顆顆全音符
休止在花草上

卷五 愛看星星的人們真好

四月薔薇

也得逢上三個雨後的初晴
至少沉寂的一夜
讓我思量怎樣給你
一個驚喜，譬如
晚禮服低一點胸
裙縮一兩吋，迷你的
時間掉進眼坑，無底
或者甚麼都不說
叫蝴蝶貼上唇來
問你在井裡醒
還不醒

卷五 愛看星星的人們真好

看一幅和服仕女背影圖

挽起山髻
撥開兩旁的蒹葭垂肩
風在明淨的湖中
淩波，微步

好像一首詩
不曾回首，嫣然
有些餘韻

卷五 愛看星星的人們真好

壁虎

步履如風
伏於紗窗的壁虎
舌頭一吐
閃舞的飛蛾即捲入腹中

倏然——
我從空白的字格躍出
慢慢咀嚼
夜的滋味

卷五 愛看星星的人們真好

孤獨的鳥

孤獨的鳥
怪人看牠
收起了大小音階
教人無法追蹤
便飛走了

明天
牠又站在樹枝上
唱歌

孤獨的鳥
怪牠看我
我便釋放了形骸
化成八個方向
朝風追去

掌紋

我欲洗掉手中的掌紋
留下大拇指的指印
來辨認我就是我

如長江死在版圖
沒水的源頭水流不長
如果紋線深鑿掌內
生命將化成順水之舟
事業展開飽滿的風帆

愛情嘛是激盪的浪花
航在循環的血脈而循環
可是，燈前左看右看
它仍走不出狹隘的河道

我不相信命運
只要洗掉手中的掌紋
保留一個我

星如

——我們曾驚訝於夜的幽靜深美

星如五千字
水的性格與深沉
去年的笑淚
來年的笑淚
今夜淅瀝生輝
黑乃眾色之門
花紅，草綠
天籟已啟

愛看星星的人們真好
星星的眼睛看見
人們的眼睛

快樂兒童

老師教他們數學
四減一等於……
他們笑，微微笑

三月從他們眼中
放出花與蝶
風坐在葉上聊天

院子裡太吵鬧了
一群小麻雀
跳上屋頂想想看

三加一等於多少
他們不知道
老師為甚麼生氣

老兵之歌

回家的路上
我看見
年輕的母親送小孩落淚

離家的路上
我看見
年老的小孩找母親哭泣

卷五 愛看星星的人們真好

颱風天

颱風在東南方醞釀
不安的情緒隨晚報
翻覆——血腥，理論
在鷹眼和鯊齒之間
左右盤旋，而許多
單純的信仰已斂翼

讓風眼堅執它絕對
的寧靜，浪的游勇

由它衝激潰散，從
季節來的守在季節
一個簷躲一兩陣風
我們抖雨，仍繼續

做愛，哺育，維持
愛飛的習性，爭吵
只為調情；我們仍
信仰單純：歌唱在
溫飽以後，而欲望
也許是有但不很多

寶玉們

他要水的滋潤
他的臉會開紅紅的玫瑰
他在人行道穿梭
他蹲在小女孩的瞳眸裡
他躺在自己的裸體上

那麼空闊
那麼多星星
便有那麼多的夢
讀你，如讀他的夜

卷五 愛看星星的人們真好

卷六

我們曾在詩的阡陌間相遇

松針

老松遺落一松針
繡成線裝裡的霉黃
夾一頁書香呀撲鼻
針，刺不痛的針
從木公聲

不改柯不易葉
線圈捆四時為一
春的花，形聲

秋之月，象形
你懂甚麼鳥語？

鳥囀嚶嚶，窗外
有人松下高枕

遙遠

我敬愛的老師
帶我們登山涉水
探詩人聲色裡的幽徑

其實，在無涯之域
我的老師已佇立
崖巔——
仰聽嶺上的雲霓
俯看松下的水聲

這些
都是我們座椅上攀不到的
涼意

悠然

——給六朝文學討論課中的師友

高跟鞋走來廊柱間的寂靜
下午三時，繼續討論
陶潛閒詠的菊花詩

窗外，一場雨後
走過幾把小紅花傘
一隻斑蝶悠然降落
我翻閱箋注那一頁

彷彿聽見清圓的水滴
自屋簷……
有一種感覺
慢慢濺開
牠的，我的
以及偶然抬望的
另一雙眼神

寂寞，總比我先到家門

曾為它寫詩
四月，薔薇已謝
小盆裡猶支撐著
一些骨氣，一些
小小的慾望
野草點綴著春天
「甚麼時候看盡
繁花開落，而後
向春風告別？」

小雨在貓的步履潛行
我細心批閱學生的
情話，一字一句，想
一朵黃葵向晚，偶而
聽小巷裡遲緩的腳步聲
我想，有人在雨中分手
幾乎千篇一律的：
結構無大問題
要特別注意
標點符號；為甚麼
夜，總披上黑衣？

不該諦聽
將窗戶敞開
不知鳥們已棲息否
這四月，當陰晴未定
本不該在風中遊戲
追逐，疲累
偶一回首
總發覺：
寂寞，已比我
先到家門

無言的詩

——給學生

麻雀蹲在樹底
游絲在風中競逐
說一首雨霖鈴
學期也快結束了

說無情？其實
你們都懂，平靜的
河水默默流過了兩岸

昨夜
在我夢的河床裡
有美麗的水藻
編織了一首
無言的詩

星光

——給管理學院的同學
我們曾在詩的阡陌間相遇

讓陰雨晴陽變換街景
任你隨風追逐
火一般的生命由它釋放
繁華，如夢

煙彩妝點著夜空
當星花如雨

一陣微冷，回頭
你能否記起：

有些詩句曾泛著鱗光
在水流中，好像
一尾快樂的游魚
我們曾隨著綺紋蕩漾

但我如何與你細說
在你年輕的飛馳裡
星光已逝，千萬光年
此際，它依然存在？

溫情

我想你知我
喜歡喝茶
一張卡片擺設
淨雅的茶具
和讀你的燈光
尤其相襯

想你有時
如醞釀茶色對坐

一幅水墨渲染，寂寞
近黃昏；不想你更好
隱約朦朧，有炊煙
徐徐裊裊

獨坐蔡元培館

一條龍柏的窄道直上
最高的視點，彷彿
一盤久未下手的棋子
層樓錯落，在谷底

詩人已逝
聳一尊銅像遠望
這廂的故人魂兮未返

當風入長廊，白雲
在變幻，只有
午後的蟬聲伴我
似睡還醒，而
窗前一堆一疊的舊書
正等待編目入檔

總該遺忘些甚麼
除了愛，美和自由
以及一首
久已不復記憶的詩
在渭水之濱

註：詩人，指胡適；胡適紀念館在山下。
故人，即蔡元培；蔡先生葬在香港。

附：〈獨坐蔡元培館有感〉

小山孤館接橫枝，日照龍鱗起復垂。
塵撲銅眸和壁冷，風回花影入簾遲。
蟲箋過讀欣然會，蟹體閒吟有所思。
古道西風唯美學，先生心事幾人知。

卷六 我們曾在詩的阡陌間相遇

重過胡適最後的演講場

掛一幅甲骨文的對聯不知所云
假花肆意地開放著紅與綠
偌大的房子啊
坐滿了一排排的
風

一些爭吵，樹搖
一陣掌聲，葉落
挽起長袍
雲影移出了窗外

天清清的，昨夜
似曾下過一場小雨

夏日

夏日的午後
走在文學院的草徑
涼風飄過，細碎的
鳥鳴，白雲依舊在
變換著身影

我失去了一些記憶
又重複著一個夢境
那裡的感覺，寧靜
憂鬱，如星光
低頭汲水；遙遠

像波斯女郎的面紗
眼中凝望著一片海景

走一條走過的小路
熟悉而又陌生
詩一束，散文一疊
到處灑落美麗的意象
蝴蝶採花飛舞
我聽見：
詩人咳嗽的聲音？
風過長廊，也許是
落葉輕敲台階
有人正拉開木窗

卷七

低首走入蘆葦的秋色

抒情詩

陽光撫摸著網狀的葉片
青青的紋路上，時間
靜止不語，似乎又感覺
微風，遠遠吹來
翻弄著水聲的輕柔

掀開第一頁—
也許，是鳥聲
有人走近春天

的河邊，俯瞰左右
流動參差起伏那水草
如他忐忑的心

「從此，我便沉浸在水中
時間失去了重量，好像這頭
又不在那裡——無涯的海域
我的船啊，飄搖細雨中
輕輕的，一根絲線
繫著我牽引著我也纏繞著
我已無法遠離，不知如何靠近

低首走入蘆葦的秋色
我已凝結成霜……」

刻在詩集的一百六十三頁
點起夜燈，讀以熱和光
那霜花，似曾入夢
我挪動靠枕湊近他暖暖
的呼息，如溫煦的朝陽
我看見它化作零露
淚珠在我眼波滾動

一點，一滴

盪開一個明淨的春湖
網狀青青的葉片，滑落了
昨夜的露水。我彷彿
看見，沙洲遠處
那人回首

如夢令

當夢幻跨越過河
水聲在我這邊滌蕩

你脫下鑲邊的寬圓帽
看窗簾捲起了微風
薔薇逗弄著花影

喝一口櫻花茶
如午後一般的醇和
流雲散開了藍天

我們隱約聽見
白襪輕踏著木板地
下女遞來你賦歸的紙油傘

水路迢遙，你如何
如何渡過即將的雨季？

攤破浣溪沙

雲飛遠處，閃著
小小的一點鳥影
斜陽佇立橋頭
黃葉路上等候著
秋風悄悄回家

你歸來，帶著
墜落的星光
我曾許諾的心願

多少年來
以一根小草的柔情
我放縱了一片原野
讓你去奔馳
　你的馬瘦
　你落淚……

那是我需要的雨潤？
平蕪盡處青山遠外
蔓延著，長長的歲月

風入松

松鼠在晨光掩映之間
風聲似有若無
我仔細穿透窗鏡上的倦容
尋覓牠飛過的側影
研究室內燈光照著杜甫
夢李白那一頁
落月滿屋梁
猶疑
照顏色

彷彿是你
茶煙中我看見那夜
你說著說著
手指一揮
黃衫女子躍過樹林
眾人如翻飛的落葉
那一幕好像是
我跌落夢谷
誰拋來一縷雲袖
如風，輕輕
披上我身？

梅花引

月白如霜花之散落
那人正在素箋上沉吟
如鸞之飛，若輕若重
他想，該如何提按
燈影迷離之間

一回詩，一回酒
點點，行行
花下人來去

我在風翻書頁中轉醒
看他杖履歸來
一回首，霜花
鋪蓋了大地

國家圖書館出版品預行編目

光年之外 / 劉少雄著. -- 一版. -- 臺北市：
秀威資訊科技, 2004[民 93]
面； 公分. -- (語言文學類；PG0024)
ISBN 978-986-7614-57-5(平裝)

851.486　　93018246

語言文學類　PG0024

光年之外

作　　者 / 劉少雄
發 行 人 / 宋政坤
執行編輯 / 魏良珍
圖文排版 / 莊芯媚
封面設計 / 莊芯媚
數位轉譯 / 徐真玉　沈裕閔
圖書銷售 / 林怡君
法律顧問 / 毛國樑　律師
出版印製 / 秀威資訊科技股份有限公司
台北市內湖區瑞光路 583 巷 25 號 1 樓
電話：02-2657-9211　傳真：02-2657-9106
E-mail：service@showwe.com.tw
經 銷 商 / 紅螞蟻圖書有限公司
台北市內湖區舊宗路二段 121 巷 28、32 號 4 樓
電話：02-2795-3656　傳真：02-2795-4100
http://www.e-redant.com

2004 年 10 月 BOD 一版　2022 年 7 月 BOD 二版
定價：220 元